LYSIMACHUS.

TRAGEDIE.

Par Mr. DE CAUX DE MONTLEBERT.

Repréſentée pour la premiére fois le 13. Décembre 1737.

Le prix eſt de trente ſols.

A PARIS,

Chez LE BRETON, Quai des Auguſtins, au coin de la ruë Giſt-le-Coeur, à la Fortune.

M. DCC. XXXVIII.

AVEC APPROBATION ET PRIVILEGE DU ROI.

A

SON ALTESSE SERENISSIME

MONSEIGNEUR LE PRINCE

DE CONTY.

Monseigneur,

La Piéce que j'ai l'honneur de préſenter à Votre Altesse Serenissime, *eſt un Ouvrage poſthûme de mon Pere, qui s'étoit preſcrit une loi*

EPITRE

de reconnoiſſance de faire de tout ce qui lui appar-
tenoit un hommage à votre Auguſte Maiſon ; c'eſt
pour ce deſſein qu'il réſervoit Lyſimachus, qui de-
voit ſans doute avoir le même ſort que Marius,
dédié à S. A. S. MONSEIGNEUR LE PRINCE
DE CONTY, votre Illuſtre Pere : une mort pré-
maturée lui enleva bien-tôt ce généreux Bienfaic-
teur. Ceux qui cultivent les Sciences & les beaux
Arts n'ont pas eu le tems de regretter ce Protecteur
éclairé ; il s'eſt bien-tôt trouvé remplacé par V. A. S.
MONSEIGNEUR, qui, fortifiée par les exem-
ples vivans de l'Auguſte Princeſſe dont elle tient le
jour, a fait voir que les Princes de votre illuſtre
Sang, ont le privilége glorieux d'hériter du Goût,
comme ils font de la Valeur : on ſçait que V. A. S.
ne ſe diſtingue pas moins par les qualités propres à
former un homme de Lettre, que par celles qui ca-
ractériſent un Héros. Je n'entreprens point, MON-
SEIGNEUR, votre éloge, il eſt gravé dans le cœur
des François ; & tout ce que mon zéle pourroit m'inſ-
pirer de plus vif & de plus frappant, ſeroit fort
au-deſſous des ſentimens que vos Vertus y ont fait
naître.

Je ſerai trop payé de la foible part que j'ai en
cet Ouvrage, ſi V. A. S. veut bien en agréer l'hom-
mage comme un effet du zéle le plus vif, le plus ſin-

cere, & le plus respectüeux : ce zéle m'a été trans-
mis par mon Pere ; & c'est l'héritage le plus pré-
cieux que j'en aye reçû.

J'ai l'honneur d'être avec un très-profond respect,

MONSEIGNEUR,

DE VOTRE ALTESSE SERENISSIME,

Le très-humble & très-obéissant
Serviteur,

DE CAUX DE MONTLEBERT.

ACTEURS.

LYSIMACHUS, ⎞ Mr. FIERVILLE.
CASSANDER, ⎟ Mr. LE GRAND.
⎟ Capitaines d'Alexandre.
PERDICCAS, ⎠ Mr. SARRAZIN.

AGATOCLE, Fils de Lysimachus, crû Philippe, Fils d'Alexandre. Mr. DUBOIS.

ARSINOE', Femme de Lysimachus. Mlle. DUMESNIL.

EURIDICE, Fille de Lysimachus. Mlle. CONELLE.

SE'LINE, Confidente d'Euridice. Mlle. DESBROSSES.

Un Confident de Lysimachus. Mr. LA THORILLIERE.

La Scene est à Babylone, dans le Palais des Rois de cette Ville.

LYSIMACHUS.

TRAGEDIE.

ACTE PREMIER.

SCENE I.

LYSIMACHUS, EURIDICE, SELINE.

LYSIMACHUS.

ENFIN, loin de ces Murs la Difcorde eft bannie;
Ma Fille, par mes foins, l'Armée eft réunie :
Au Trône d'Alexandre on va placer un Roi :
Caffander, Perdiccas, le nomment avec moi.
Euridice, fongez que par ce nouveau Titre,
Lyfimachus, du Monde, eft devenu l'Arbitre;
Et que ce grand pouvoir dont je fuis revêtu,
Jette plus d'un Rival, à mes pieds abattu.
Tant de braves Guerriers, dont la valeur rapide
A porté les Exploits plus loin que ceux d'Alcide,
Et qui bravant partout mille périls divers,
Ont, au plus grand des Rois, afservi l'Univers,

A

Tout fléchit devant nous ; & la Terre étonnée
Regarde entre trois Chefs flotter fa Deftinée.
Babilone , attentive à cet augufte choix ,
Déja croit voir fon Prince en chacun de nous trois ;
Et penfe que l'honneur de lui donner un Maître
Ne doit point le céder à la gloire de l'être.

EURIDICE.

J'aime à voir en vos mains briller ce grand Pouvoir,
Seigneur ; mais par ce choix le camp fait fon devoir.
Sans doute il fe fouvient qu'Alexandre , en mon Pere,
Trouvoit un Ami tendre , & de plus un Beau-Frere ;
Et que lorfqu'il lui faut nommer un Succeffeur ,
Vos droits font appuyés fur l'Hymen de fa Soeur.

LYSIMACHUS.

Cet Hymen m'eft utile , autant qu'il fut illuftre.
Le Nom d'Arfinoé , fur moi , jette un grand Luftre ;
Des Chefs & des Soldats m'attire les refpects ,
Et me rend dans le Camp le plus puiffant des Grecs.
D'une telle faveur je dois beaucoup attendre ,
Et vous fçaurez tantôt ce que j'ofe prétendre.
Mais d'un Point important je veux être éclairci.
Apprenez le fujet qui nous raffemble ici.
Je vous aime , Euridice ; & cette ardeur fi pure ,
Que pour vous dans mon coeur imprima la Nature ,
Ne cherche qu'à vous faire un glorieux Deftin.
Vous voyez quel pouvoir eft tombé dans ma main :
Mais vous ne fçavez pas que ce Pouvoir fuprême ,
Si je l'ai recherché , ce n'eft que pour vous-même ;
Et que le choix d'un Roi ne peut m'intéreffer
Que pour vous mettre au Trône où je vais le placer.

Mes vœux font de vous faire un illuftre Mémoire ;
De vous porter moi-même au faîte de la gloire,
D'attirer, des Mortels, tous les regards fur vous,
Et de voir l'Univers tomber à vos genoux.
Le Ciel, avec mes vœux, femble d'intelligence,
Puifqu'il m'a confié cette haute puiffance :
Et fi, vous oubliant, j'en avois difpofé,
Il me reprocheroit d'en avoir abufé.
Ainfi tout fuit l'efpoir où mon cœur s'abandonne.
C'eft à vous de choifir la main qui vous couronne.
C'eft à vous, Euridice, à montrer à mes yeux
Sur qui doit s'arrêter un choix fi glorieux.
Philippe eft jeune, aimable ; il eft fils d'Alexandre :
De fes Vertus, un jour, nous devons tout attendre :
Et fi j'en crois un bruit jufqu'à moi parvenu,
Pour vous, depuis long-tems, fon cœur eft prévenu.
Je prétends par vos yeux lire au fond de fon ame.
Parlez ; vous aime-t'il ? Approuvez-vous fa flâme ?
Ne me déguifez rien ; & croyez qu'aujourd'hui,
Suivant fes fentimens, je vais agir pour lui.
Je ne fçai par quel charme il a trop fçû me plaire :
Déja je fens pour lui la tendreffe d'un Pere ;
Et je ferois, ma Fille, au comble de mes vœux,
Si fur le Trône, un jour, je vous voyois tous deux.

EURIDICE.

Seigneur, il m'eft bien doux d'apprendre de vous-même
Que vous me chériffez autant que je vous aime.
Toute cette grandeur que vous me promettez,
Vaut bien moins à mes yeux qu'un trait de vos bontez.
Mais que puis-je répondre au defir qui vous preffe ?
Ma gloire, mon devoir, mon Sexe, ma jeuneffe,

Une auſtere vertu dont mon cœur ſuit les loix,
Seigneur, tout aſſervit mes vœux à votre choix :
Et toujours un Epoux ſera ſûr de me plaire,
Dès que je le tiendrai de la main de mon Pére.
Cependant, s'il eſt vrai qu'un doux preſſentiment
Dans Philippe aujourd'hui vous montre mon Amant,
Si mes foibles appas ont fait naître ſa flâme,
Ce jour doit l'engager à vous ouvrir ſon ame.
Croyez, par cet aveu, qu'il viendra mériter
Le Trône, où votre choix le peut faire monter.
Livré depuis long-tems à la douleur amére,
Qu'au cœur d'un tendre Fils jette la mort d'un Pére,
Mes yeux, juſqu'à ce jour, dans les ſiens, n'ont pû voir
Que les ſoins d'un Héros rempli de ſon devoir.
Mais trop long-tems ſon Deuil attriſte Babilone :
Il s'agit aujourd'hui de monter ſur le Trône,
D'écarter un Rival, dont l'enfance & les Droits
Semblent trop ſoûtenus par la force des Loix.

LYSIMACHUS.

Les Droits de ce Rival ſont moins forts qu'on ne penſe ;
Et moi ſeul je pourrois ſoûtenir ſon enfance.
Ma fille, vous n'avez rien à craindre de lui,
Puiſqu'à Philippe enfin je prête mon appui.

EURIDICE.

Ah ! Seigneur, je connois la Veuve d'Alexandre.
Roxanne, pour ſon fils, oſera tout prétendre.
Philippe, on s'en ſouvient, ſort d'un Hymen ſecret,
Que la Grèce jadis n'approuva qu'à regret.
Je vois ce qui ſoûtient votre noble entrepriſe.
Vous trouverez l'Armée à vos ordres ſoumiſe.

Votre nom peut beaucoup : mais enfin dans ce choix
Caſſander , Perdiccas , comme vous , ont leurs voix.
Et qui ſçait ſi Roxanne , en intrigues fertile ,
N'a pas dans leur eſprit un accès trop facile ?

LYSIMACHUS.

Par cette inquiétude , ah , que vous me charmez !
Ma fille , je le vois , vous craignez ; vous aimez.
Banniſſez vos frayeurs. Par l'ordre de l'Armée ,
Roxanne , dans le Fort , vient d'être renfermée.
On ne la verra plus , pour l'intérêt d'un fils ,
Porter dans notre Camp le tumulte & ſes cris.
Je dis plus. Caſſander , ſecondant mon envie ,
Doit rapeller ici l'amitié qui nous lie.
De Roxanne , en ſes mains , on a remis le fort.
Il peut tout dans la Ville ; il eſt Maître du Fort.
Et j'oſe me flatter qu'au choix que je veux faire ,
Son pouvoir aujourd'hui ne ſera pas contraire.
Ainſi ne craignez point qu'un dangereux Rival
Oppoſe à mes deſſeins un obſtacle fatal.
Philippe régnera , ma fille , s'il vous aime ,
Son bonheur ſeulement dépendra de lui-même.
Mais votre mere encor ne ſçait pas mon projet ;
Et ſa faveur peut tout pour en hâter l'effet.
Allez l'en informer. Adieu , ma fille : on ouvre.
Quelqu'un vient. C'eſt Philippe : il faut qu'il ſe découvre.

SCENE II.

LYSIMACHUS, AGATOCLE *fous le nom de Philippe.*

AGATOCLE.

SEIGNEUR, je ne viens point briguer auprès de vous
Le fecours d'un Pouvoir qui vous fait cent jaloux.
Mon fort eft en vos mains, je le fçai : mais j'efpere
Trouver dans votre cœur la juftice d'un Pere.
Du moins, fi j'ofe en croire un tendre fentiment,
Vous ne pouvez ici me la rendre autrement.
Vous fçavez trop quel droit me deftine à l'Empire.
Si jufqu'à ce moment on l'a pû contredire,
Si le Camp, partagé fur le choix de fon Roi,
A paru balancer entre mon Frere & moi,
Nous trouvons aujourd'hui d'équitables Arbitres.
Au poids de la raifon on va pefer nos Titres.

LYSIMACHUS.

N'en doutez point, Seigneur ; vos droits font les plus forts.
A les rendre abfolus, j'employerai mes efforts.
Et vous pouvez compter qu'aujourd'hui Babylone,
Si l'on fuit mes avis, vous verra fur le Trône.
Oüi, je fens tant d'ardeur pour tous vos intérêts,
Qu'à peine un Fils pourroit me toucher de plus près.

AGATOCLE.

Après un tel aveu, je vous ouvre mon ame.
Je l'avoüerai, Seigneur, un noble orgueil m'enflâme.
Fils du plus grand des Rois, je marche fur fes pas.
La gloire de regner a pour moi mille appas.

Je fens tout le plaifir que l'on a fur la Terre
D'être, de l'Univers, & le Maître & le Pere ;
De voir, à fa fortune, élever des Autels ;
Et fes Sujets, en nombre, égaler les Mortels.
Mais malgré les attraits que m'offre cette idée,
D'une plus vive ardeur mon ame eft poffédée.
J'aime : & jufqu'à ce jour la Beauté que je fers,
N'a point appris de moi que je fuis dans fes fers.
Un auftére refpect a captivé mon ame.
Je dis plus : j'ai pris foin de lui cacher ma flâme,
Dans l'efpoir que bien-tôt, au Trône qui m'attend,
Je ferois un aveu d'un prix plus éclatant ;
Et que Maître du Monde, ainfi que de moi-même,
Je ferois digne d'elle, en lui difant que j'aime.
Cet heureux jour approche ; & je puis me flatter
Qu'auprès d'elle mes feux vont bien-tôt éclater.
Vous daignerez foufcrire à ce choix légitime,
Seigneur. Vous ne pouvez le combattre fans crime.
Et celle que j'adore, eft trop chere à vos yeux,
Pour ne pas approuver un Hymen glorieux.
J'aime Euridice, enfin.

LYSIMACHUS.

Ma Fille ?

AGATOCLE.

C'eft peu dire.
Le foin de ma grandeur céde aux foins qu'elle infpire.
Je ne viens point ici furprendre votre foi.
J'adore votre Fille : elle eft digne de moi.
A mes droits, aujourd'hui, fi vous rendez juftice,
J'en attefte les Dieux, je couronne Euridice.

LYSIMACHUS.

C'eft de trop de faveurs nous combler en ce jour.
Ma Fille doit beaucoup à cet excès d'amour.
Ne craignez point, Seigneur, de la trouver ingratte.
L'honneur de votre choix, autant qu'elle, me flatte :
Et le Ciel m'eft témoin que mes vœux les plus doux
Ne tendent qu'à vous voir aujourd'hui fon Epoux.
Laiffez-moi tout le foin de votre Deftinée.
Vous régnerez, Seigneur ; où, dans cette journée,
Prévenant par ces coups le Deftin le plus beau,
La Parque nous mettra l'un ou l'autre au tombeau.

AGATOCLE.

Permettez donc, Seigneur, qu'aux yeux qui l'ont fait naître,
Dans ce même moment ma flâme ofe paroître.
Vous croyez qu'Euridice acceptera mes vœux.
Et l'on ne peut trop tôt commencer d'être heureux.

LYSIMACHUS.

Eh bien, de vos deffeins informez Euridice.
Je confens qu'avec vous elle s'en applaudiffe :
Et peut-être l'Amour fecondant votre choix,
Pour naître dans fon cœur, n'attend plus que mes Loix.

SCENE III.

LYSIMACHUS *feul.*

EURIDICE eft aimée ! Et le Fils d'Alexandre
Pour elle afpire au Trône où je le fais prétendre !
Je pourrai voir bien-tôt ma Fille au plus haut rang !
Quel éclat, quels honneurs vont illuftrer mon fang !

Mais pour exécuter cette noble entreprise,
Il faut que de sa voix Caſſander l'autoriſe.
De mes deſſeins encor je ne l'ai pas inſtruit.
Allons; il faut les voir.... On vient. J'entens du bruit.
C'eſt Perdiccas.

S C E N E   I V,

LYSIMACHUS, PERDICCAS.

PERDICCAS.

ENFIN nous nous trouvons enſemble;
Seigneur, je ſuis charmé du ſoin qui nous raſſemble.
Malgré l'indigne éclat des ſentimens jaloux,
Que la mort d'Alexandre a jettés parmi nous;
Il faut que je l'avouë, une eſtime parfaite
Vous conſerva toujours mon amitié ſecrette.
Reſſerons-en les nœuds. Soyons ſi bien unis,
Que tous nos longs débats aujourd'hùi ſoient finis:
Que la Paix leur ſuccéde; & que nos Capitaines
Sur nos ſeuls Ennemis tournent toutes leurs haines.
Le Camp demande un Roi, l'attend de notre choix.
Deux Rivaux ſeulement ſe diſputent nos voix.
Mais il faut que l'un régne, & que l'autre obéïſſe.
Seigneur, péſons leurs droits au poids de la juſtice.

LYSIMACHUS.

Je pourrois m'expliquer ſans crainte & ſans ſoupçon,
Et vous dire un deſſein qu'approuve la raiſon:
Mais, Seigneur, un moment je dois encor le taire.
C'eſt devant Caſſander qu'il faut qu'on délibére.
Il nous attend; allons le trouver.

LYSIMACHUS.

PERDICCAS.

                        Non, Seigneur;
Il faut auparavant m'ouvrir tout votre cœur :
J'ai, pour vous en preſſer, une raiſon puiſſante.
Expliquez-vous. Daignez répondre à mon attente:
Et croyez que ſurtout je ſouhaite ardemment
D'être en droit de ſouſcrire à votre ſentiment.

LYSIMACHUS.

J'ignore les deſſeins de votre politique :
Mais puiſque vous voulez qu'avec vous je m'explique,
Seigneur, dût votre avis être contraire au mien,
Je vais vous contenter, ſans examiner rien.
Entre deux grands Rivaux notre choix ſe partage :
Chacun de ſon côté montre quelque avantage.
Ils peuvent tour-à-tour concilier nos voix :
Mais ſi l'on veut de près examiner leurs droits,
Peut-être on trouvera que le Fils de Roxane.....

PERDICCAS.

Quoi ? Nous obéïrions au fils d'une Perſane ?
Les Vainqueurs des Vaincus, voudroient prendre des Loix ?
Le ſang de nos Captifs nous donneroit des Rois ?
Et la Perſe n'auroit ſuccombé ſous la Grèce,
Que pour ſe voir un jour, de l'Univers, Maîtreſſe ?
Rempliſſons mieux, Seigneur, l'attente des Humains.
Puiſque le ſort du Monde eſt remis en nos mains,
Songeons à faire un Roi, qui, digne d'Alexandre,
Se montre à l'Univers tel qu'on le doit attendre,
Et qui, de ce grand Nom, ne recherche les droits,
Que pour faire regner la Juſtice & les Loix;

Un Roi, digne de l'être, & qui puiſſe lui-même
Soûtenir ſur ſon front le poids du Diadême;
Imprimer du reſpect à nos fiers Ennemis;
Gouverner tant d'Etats qu'Alexandre a ſoûmis;
Retenir à-propos, ou lancer le Tonnerre;
Et du bruit de ſon Nom remplir toute la Terre.
Seigneur, tel eſt Philippe. En lui ſeul, nous voyons
Des Vertus pour répondre à tant de Nations.
Son Pere commença de régner à ſon âge:
Le Perſan ſubjugué fut ſon apprentiſſage;
Il pourſuivit ſa courſe; & bien-tôt, ſous nos loix,
L'Univers étonné vit tomber tous ſes Rois.
Il n'eſt plus, ce Héros. La triſte Babylone,
En lui tendant les bras, l'a vû tomber du Trône.
Tous ces Ambaſſadeurs, que ſembloit attirer
Des plus lointains Climats le ſoin de l'admirer,
Témoins de notre perte, iront dire à leurs Princes,
Qu'ils peuvent ſans péril reprendre leurs Provinces:
Et ſi nous n'oppoſons à leurs coups qu'un Enfant,
Leur bras peut, à ſon tour, devenir triomphant.
Prévenons cette honte, & ce malheur extrême.
Choiſiſſons, comme eût fait Alexandre lui-même.
Et pour mieux prendre ici l'eſprit de ce Héros,
Un moment, entre nous, peſons ſes derniers mots.
Lorſque prêt d'expirer aux yeux de ſon Armée,
Lui-même, il raſſuroit ſa conſtance allarmée,
Seigneur, il m'en ſouvient, je vis couler vos pleurs;
Mais bien-tôt ſurmontant l'excès de vos douleurs,

    » Puiſque nous vous perdons par un malheur inſigne,
    » Seigneur, qui doit régner après vous? » Le plus digne;

Vous dit-il, animé d'un généreux tranfport,
Qui l'immortalifoit dans les bras de la mort.

LYSIMACHUS.

Je vois par ces raifons qu'étale votre zéle,
Que Philippe, dans vous, trouve un ami fidéle.
Mais, Seigneur, fongez-vous que tous les Grecs entr'eux,
De l'Hymen dont il fort, condamnérent les nœuds ;
Que le rang inégal de Séléne fa Mere
N'eut point droit de prétendre à la foi de fon Pere ?
Séléne, il m'en fouvient, fenfible à ce malheur,
En lui donnant le jour, expira de douleur.
De ce Prince auffi-tôt on plaignit l'innocence :
Ma femme Arfinoé prit foin de fon enfance ;
Et de tant de Vertus, par elle, il fut orné,
Que fon front, fans rougir, peut fe voir couronné.
Mais, Seigneur, il s'agit d'une exacte juftice.
Il faut que notre main examine & choififfe.
Et le Fils de Roxane a peut-être des Droits
Plus fûrs & plus conftant, pour fixer notre choix.
N'allez point, de fon âge, alléguer la foibleffe.
S'il régne, nos Confeils formeront fa jeuneffe.
Nous ferons à fon Trône un redoutable appui.
Nous l'inftruirons à vaincre, en combattant pour lui.
Si ces fiers Habitans des confins de la Terre,
Méprifant fon Berceau, lui déclarent la guerre,
Nous les informerons par un bras triomphant,
Qu'un Roi chéri des fiens n'eft jamais un Enfant.

PERDICCAS.

En vain, par ces raifons, vous croyez me furprendre.
Tant de Chefs, rarement font portés à s'entendre.

Agités tour-à-tour de mille paffions :
L'Etat eft, fous leurs Loix, plein de divifions.
Toujours un fentiment fe trouve à l'autre en bute ;
L'imprudence décide, & la haine exécute ;
La force impunément opprime l'équité ;
Le Sceptre, avec les Loix, perd fon autorité :
Et l'Empire des Dieux, enfin, le Ciel, peut-être,
Seroit mal gouverné, s'il avoit plus d'un Maître.

LYSIMACHUS.

Mais fi Philippe monte au Trône de nos Rois,
Croyez-vous que l'Armée obéïffe à fes Loix ?

PERDICCAS.

Qui l'en empêcheroit ? La gloire de fon Pere
Illuftre affez le fang de Séléne fa Mere.
Elle étoit Grecque, enfin : cette feule grandeur,
Chez nous, des plus grands Rois, vaut toute la fplendeur.

LYSIMACHUS.

Je céde à vos raifons, Seigneur ; & je veux croire
Qu'un tel choix, quelque jour, nous comblera de gloire.
Informons Caffander de nos intentions.

PERDICCAS.

Il n'approuvera point nos réfolutions.
De funeftes complots, Seigneur, je le foupçonne :
Et, peut-être, lui-même afpire à la Couronne.
Renverfons fes projets : unis de fentimens,
Faifons naître entre nous des liens plus charmans :
Que votre Fille......

LYSIMACHUS.

Quoi, vous l'aimez?

PERDICCAS.

Je l'adore :
Et son Hymen pourroit......

LYSIMACHUS.

Votre flâme l'honore,
Mais ce jour, à nos soins, offre d'autres objets.
Cassander est suspect ; pénéttons ses projets.
Et pour régler l'Hymen, qui flatte votre attente ;
Faisons un Roi, Seigneur, afin qu'il y consente.

Fin du premier Acte.

ACTE SECOND.

SCENE I.

ARSINOE', AGATOCLE.

AGATOCLE.

ENFIN, il n'eſt plus tems de vous faire un myſtere
Des plus juſtes tranſports, du feu le plus ſincere.
Madame, à mes deſſeins tout ſemble conſpirer.
Lyſimachus, pour moi, vient de ſe déclarer;
Il approuve mon choix : Euridice elle-même
Reçoit avec mon cœur l'offre du Diadême.
Cet Hymen manque ſeul à mes proſpérités :
Et je deviens heureux, ſi vous y conſentez.

ARSINOE'.

Arſinoé, pour vous, a cette amitié pure,
Ces nobles ſentimens que donne la Nature,
Prince ; & vous joüirez de tout votre bonheur,
Dès qu'il n'y manquera que l'aveu de mon cœur.
Mais mon amour pour vous, auſſi prudent que tendre,
Croit avoir, de vos feux, votre gloire à défendre.
M'en croirez-vous, Seigneur ? Montrez-nous aujourd'hui
Qu'Alexandre eut en vous un Fils digne de lui.
Montez, montez au Trône ; & d'un œil plus tranquile,
Voyez ſi votre choix, à l'Etat, eſt utile.

AGATOCLE.

Hé ! Puis-je jamais faire un choix plus glorieux ?
Un choix, qui réünit le fang de nos Ayeux.
Au nom de mon amour, preffez cet Hymenée,
Euridice, avec moi, doit être couronnée.
Je veux que l'Univers, en entrant fous ma Loi,
Rende hommage à fa Reine, auffi-tôt qu'à fon Roi.

ARSINOE'.

Mais, Seigneur, fongez-vous que par cette conduite
A d'étranges périls votre gloire eft réduite ?
On croira que l'amour fut utile à vos droits,
Et que de mon Epoux vous achetez la voix.
Vous fçavez à quel point votre gloire m'eft chere;
Dès vos plus jeunes ans je vous fervis de Mere.
C'eft moi, qui, jufqu'ici, par mes complots fecrets,
Ai divifé nos Grecs pour vos feuls intérêts.
Tant que j'ai craint pour vous le Parti de Roxane,
J'ai nourri des débats, qu'à-préfent je condamne.
J'entretenois nos Chefs dans leur diffention ;
Et j'apréhendois tout de leur réünion.
Mais enfin ma prudence a diffipé l'orage ;
Tout eft calme, & bien-tôt j'acheve mon ouvrage,
Il faut pour votre Hymen choifir un autre tems,
Et remplir votre efprit de foins plus importants.
Tournez tous vos regards vers la grandeur fuprême ;
Et montrez des Vertus dignes du Diadême.

AGATOCLE.

Un Roi peut-il donc mieux fignaler fa grandeur,
Madame, qu'en offrant & fon Sceptre & fon cœur

Au mérite

Au mérite éclatant qu'on voit dans Euridice ?
Vous-même, à mon ardeur, rendez plus de juftice.
Couronner la Vertu qui fait naître nos feux,
Dans leur plus pur amour, c'eft imiter les Dieux.

ARSINOE'.

Défabufez-vous, Prince ; un obftacle invincible
Rend mon amé, à jamais, à vos vœux inflexible.

AGATOCLE.

Et quel obftacle, ô Ciel ! s'oppofe à mon bonheur ?
La mort, la feule mort éteindra mon ardeur.
Plus de Trône pour moi, plus de Grandeur fuprême,
Si je ne les partage avec l'objet que j'aime.
Pour cet illuftre choix les Chefs vont s'affembler.
De tout votre couroux dûffiez-vous m'accabler,
Je vais......

ARSINOE',

Eh bien, Seigneur, c'eft trop long-tems me taire.
Il faut vous découvrir un important myftére.

AGATOCLE.

Qu'entends-je ? Expliquez-vous.

ARSINOE'.

Non ; ne me preffez point.
Je ne puis qu'à regret m'expliquer fur ce Point.
Souffrez, pour mieux agir, que mon amour fe cache ;
A fuivre mes confeils, que votre cœur s'attache.
Pour apprendre un fecret qui n'eft fçû que de moi,
Attendez le moment qu'on vous ait nommé Roi.

B

AGATOCLE.

Ah ! tirez mon efprit de cette inquiétude.
Quel malheur eft égal à cette incertitude ?
Au nom de ces genoux que je tiens embraffés,
Au nom de votre amour, & de mes foins paffés,
Ne me déguifez point toute ma deftinée :
Le Ciel condamne-t'il un fi jufte Hymenée ?
Parlez ; de quelques traits qu'il me frappe aujourd'hui,
Je recevrai fes coups, fans me plaindre de lui.

ARSINOE'.

Cet effort de vertu m'attendrit, me raffure.
Je céde aux mouvemens qu'imprime la Nature.
D'un trouble féducteur tous mes fens font furpris,
Et mon fecret m'échappe..... Agatocle!..... Ah, mon Fils !

AGATOCLE.

Votre Fils ! je ferois le frere d'Euridice ?

ARSINOE'.

Vous l'êtes. Ce n'eft point un bizarre caprice
Qui m'a fait jufqu'ici déguifer votre fort.
Pour fe taire, mon cœur s'eft fait plus d'un effort:
Et rien ne m'eût forcé de rompre le filence,
S'il eût pû s'accorder avec votre innocence,
Et fi je n'euffe craint l'amour impétueux
Qui vous porte à former des nœuds inceftueux.

AGATOCLE.

Quoi, je fuis votre Fils ? Hé ! qui peut donc, Madame,
A cette feinte, ô Ciel ! avoir porté votre ame ?

ARSINOE'.

Vos yeux, à la Lumiére, à peine étoient ouverts,
Que je formai pour vous mille projets divers ;
Et d'un soin dévorant sans relâche pressée,
Votre seule grandeur occupoit ma pensée.
Mais mon ambition, dans ces tems malheureux,
Ne pouvoit vous donner que de stériles vœux.
Un espoir plus heureux vint flatter mon attente.
Mon Frere, de Séléne, à ses yeux trop charmante,
Eut un Fils, à peu près de même âge que vous ;
Et contre Darius allant porter ses coups,
Il me le confia dans un âge si tendre,
Qu'aisément à vos traits on pouvoit se méprendre.
Il mourut : son trépas fit naître dans mon cœur
D'un projet glorieux le charme séducteur ;
Et pour vous assurer ce rang que j'ose attendre,
Je fis passer mon sang pour le sang d'Alexandre.
Le Ciel qui m'inspiroit un si hardi dessein,
Par ce déguisement changea votre Destin.
Cependant par mes pleurs la Grèce fut séduite.
On vous crut mort, mon Fils : & par cette conduite,
Hors deux seuls Affranchis dévoüés à ma foi,
Que la Parque depuis enleva de chez moi,
Aucun Mortel instruit de ce mystère étrange,
N'éclaira le moment de cet heureux échange.

AGATOCLE.

Quel aveu ! juste Ciel ! qu'il déchire mon cœur !
Mais pourquoi me nourir d'une fatale erreur ?
Pourquoi de mon Destin m'avoir fait mystère ?
Que ne déclariez-vous ma naissance à mon Pere ?

ARSINOE'.

Hélas ! de ma frayeur, c'eſt ici le ſujet ;
Et peut-être l'écueil funeſte à mon projet.
Quand je fis cet échange, & que la Grèce entiére
Crût vos yeux pour toujours fermés à la lumiére,
Loin de moi, votre Pere, à la guerre occupé,
Avec tous ſes Soldats par ce bruit fut trompé.
Pour le déſabuſer d'une erreur ſi cruelle,
Il falloit confier le ſuccès de mon zéle.
Je craignis que pour vous on me manquât de foi,
Et gardai mon ſecret entre le Ciel & moi.
Vous viviez cependant ; votre aimable jeuneſſe,
Sous un Nom ſuppoſé, charmoit toute la Grèce.
Mon Frere, qui toujours voyoit en vous ſon Fils,
Me faiſoit, de mes ſoins, attendre un noble prix.
Que ne peut le deſir d'une ame impatiente !
C'eſt en vain que pour vous tout flattoit mon attente.
Je conſultai les Dieux ; & par ces triſtes mots,
Un Oracle cruel vint troubler mon repos.

ORACLE.

» Pourquoi, dans l'avenir, ô trop aveugle Mere,
» Viens-tu, de tes chagrins, chercher la ſource amére ?
» Tremble que ton ſecret ne ſoit ſçû d'un Epoux.
» Ton Fils ſera ſur l'heure immolé par ſon Pere ;
» Et le Trône peut ſeul le ravir à ſes coups.

AGATOCLE.

Ah Ciel !

ARSINOE'.

Voilà, mon Fils, la cauſe de vos larmes ;
Voilà depuis long-tems ce qui fait mes allarmes,

Et m'empêche en ce jour, encor plus que jamais,
D'éclaircir votre Pere.

AGATOCLE.

                      Inutiles Projets !
Les Dieux ne sçauroient trop accroître ma disgrace.
Je prétends avancer l'effet de leur menace.
Après ce que je perds, leur funeste bonté
Peut-elle me payer de ce qu'ils m'ont ôté ?

ARSINOE'.

Ah ! qu'entends-je ? Immolez une coupable flâme.
Ce n'est plus une erreur ; c'est un amour infâme :
La Nature en frémit ; & peut-être, sur vous,
Il va, des Dieux vangeurs, attirer le courroux.
Il faut forcer le Ciel, dont la main vous opprime,
A vous justifier, ou vous punir sans crime.
N'en doutez point, mon Fils ; s'il s'oppose à vos feux,
C'est pour placer au Trône un Prince vertueux.

AGATOCLE.

Non, non, Madame, non ; cette affreuse lumiére
A détruit dans mon cœur mon espérance entiére :
Et la gloire & l'amour confondûs à la fois,
Chez moi, dans un instant ont perdu tous leurs droits.
Euridice est ma Sœur ; je n'y dois plus prétendre ;
Et le Trône n'est dû qu'au vrai sang d'Alexandre.

ARSINOE'.

Quoi ? vous vous arrêtez à ces scrupules vains ?
Mon Fils, méritez mieux l'Empire des Humains.
Quand un heureux hazard nous offre la Couronne,
On la prend, sans songer au Droit qui nous la donne.

C'eſt ſur le Trône aſſis, qu'un Roi doit conſultet
Tout le poids des raiſons qu'il eut pour y monter.
Je ſuis Sœur d'Alexandre, & je ſuis votre Mere :
Ce Titre ſeul exclut le Fils de l'Etrangere.
Mais je m'arrête trop. Vous m'avez arraché
Un ſecret qui devroit vous être encor caché.
Ménagez-le, mon Fils ; ſurtout aux yeux d'un Pere :
Qu'Euridice elle-même ignore ce myſtère.
Perdiccas, comme vous, a puiſé dans ſes yeux
Ce qu'un parfait amour peut inſpirer de feux.
Sans ſçavoir le bonheur que le ſort lui réſerve,
Je pretends aujourd'hui que ce Héros vous ſerve;
La voici. Gardez-vous de la déſabuſer.
Et pour elle & pour vous, je vais tout diſpoſer.

SCENE II.

AGATOCLE, EURIDICE, SE'LINE;

EURIDICE.

SEIGNEUR, avez-vous ſçû que le Deſtin propice
S'aprête dans ces lieux à vous rendre juſtice ?
Déja le Peuple, inſtruit que Caſſander, chez ſoi,
Raſſemble les trois Chefs qui vont élire un Roi,
De ce Palais auguſte aſſiége les iſſuës,
Et porte, par ſes cris, votre Nom juſqu'aux Nuës.
J'ai craint, je l'avouërai, qu'un Rival trop heureux
N'opposât à vos droits un Parti dangereux :
Mais parmi cette foule, une Brigue impuiſſante
Ne ſoûtient ce Rival que d'une voix tremblante :

Tout le reste est pour vous ; & j'ose présumer
Que le Camp, pour son Roi, va bien-tôt vous nommer.
Mais quoi ? Depuis le tems que vous m'avez quittée,
De quels ennuis votre ame est-elle inquiétée ?
Vous paroissez muet aux discours que je tiens !
Vos regards étonnés semblent craindre les miens !
Parlez, Prince ; est-ce moi qui cause votre peine ?
Dois-je croire qu'ici ma présence vous gêne ?
Vous soupirez ? Si près de recevoir ma foi,
Avez-vous des malheurs qui ne soient pas pour moi ?
Vous ne répondez point ! Que faut-il que je pense
De ce sombre chagrin qui s'obstine au silence ?
Tantôt, quand vos sermens ne pouvoient s'épuiser,
Par des discours trompeurs vouliez-vous m'abuser ?
Ha ! qu'on croit aisément ce que le cœur souhaite !
J'ai crû voir dans vos yeux l'ardeur la plus parfaite,
Mon Pere l'approuvoit. Je voyois en ce jour
Ses ordres confondus avec ceux de l'amour.

AGATOCLE.

Ah ! Madame......

EURIDICE.

Achevez.

AGATOCLE.

Je ne puis.

EURIDICE.

Quel mystère !

De grace, expliquez-vous.

AGATOCLE.

Vous m'êtes toujours chére,

B iiij

Madame ; vous devez le croire fur ma foi :
Et fi j'ai des chagrins , ils ne font que pour moi.
Cependant fi fur vous je garde quelque empire ,
De mon trouble, à jamais, gardez-vous de rien dire.
Je voudrois , avec vous , plus long-tems m'arrêter.
Un puiffant interêt m'oblige à vous quitter.
Madame , au nom des Dieux , approuvez ma conduite :
Et dès qu'il fera tems , vous en ferez inftruite.
Adieu.

SCENE III.

EURIDICE, SE'LINE.

EURIDICE.

QUoi ! me laiffer dans ce trifte embarras ?
Quel deffein , loin de moi , précipite vos pas ?
Mais , Séline , il me fuit ! Dieux ! que viens-je d'entendre ?
Eft-ce là ce Héros, Fils du grand Alexandre ?
Ce Prince, qui brûlant de la plus vive ardeur ,
Entre la gloire & moi partageoit tout fon cœur,
Qui juroit ?..... Quel eft donc cet indigne caprice ?
Quoi ? Se croit-il déja le Maître d'Euridice ?
Et pour mieux affurer fes orgueilleux projets ,
Met-il mon cœur au rang de fes premiers Sujets ?

SE'LINE.

Madame, jugez mieux d'un Prince qui vous aime.
J'ai trop vû fon amour dans fa douleur extrême.
Ses regards , qui tantôt craintifs ou curieux ,
Evitoient tour-à-tour, & recherchoient vos yeux ,

Son trouble à votre abord, son respect, son silence,
Tout enfin, de ses feux prouve la violence :
Et s'il cache à vos yeux ses secrets déplaisirs,
De puissans intérêts combattent vos desirs.

E U R I D I C E.

Dis plûtôt que Philippe est un ingrat, un traître,
Qui n'aspire en ces lieux qu'à se voir notre Maître :
Et sans doute il n'a feint de m'aimer aujourd'hui,
Que pour monter au Trône, où je lui sers d'appui.
Par cet aveu trompeur il a séduit mon Pere :
Et le cruel encor m'ordonne de me taire ?
D'une injure mortelle il fait rougir mon front,
Et voudroit que mon Pere ignorât cet affront ?
Ah ! plûtôt......

S E' L I N E.

Mais enfin, s'il vouloit vous surprendre,
Madame, auroit-il dit ce que je viens d'entendre ?
Il eût feint jusqu'au bout. Son projet médité,
Avec plus de mesure eût été concerté.
Ne le soupçonnez point d'un si lâche artifice.
Vous l'aimez. Rendez-vous à vous-même justice ;
Et croyez qu'un grand cœur, par la gloire animé,
Ne se donne jamais, s'il n'est sûr d'être aimé.

E U R I D I C E.

Hé ! que ne peux-tu mieux en convaincre mon ame ?
Tes yeux, chere Séline, ont vû naître ma flâme.
Tu sçais, depuis le jour où ce fatal Vainqueur
Peut-être sans dessein triompha de mon cœur,
Combien j'ai souhaité que, sensible à ma gloire,
Il vînt justifier mon choix & sa victoire.

Il y vient, tu le vois ; mais dans l'inftant fatal
Où le Trône lui fait redouter un Rival ;
Dans le même moment où l'appui de mon Pere,
Pour foûtenir fes Droits, lui devient néceffaire :
Et comme fi fon cœur craignoit d'y confentir,
L'ingrat prefqu'auffi-tôt femble s'en repentir.
Sans doute, il aime ailleurs. Dans ma jaloufe rage
Il faut, pour m'éclaircir, mettre tout en ufage.

SE'LINE.

Que dites-vous, Madame ? Et fur quelles raifons
Pouvez-vous appuyer ces étranges foupçons?

EURIDICE.

Mais s'il aime, l'ingrat ! à qui rend-il les armes ?
La Sœur de Caffander a-t'elle affez de charmes ?....
Cherchons cette Rivale. Employons tous nos foins....
Ils n'auront pû toujours fe parler fans témoins.
Allons. Philippe en vain croit tromper Euridice ;
Séline, je fçaurai démêler l'artifice.
Le Perfide apprendra que s'il veut être Roi,
Plus qu'il ne le penfoit, il a befoin de moi.

Fin du fecond Acte.

ACTE TROISIEME.

SCENE I.

AGATOCLE *feul.*

A Quoi me réfoudrai-je ? incertain dans mon ame
Si j'ai bien triomphé d'une coupable flâme,
Je parcours ce Palais. Et ma Mere & ma Sœur
Ne font ici d'accord qu'à déchirer mon cœur.
Cet Empire d'ailleurs où j'afpirois pour elle,
Qui devenoit le prix d'une ardeur fi fidelle,
Faut-il y renoncer ?..... Ah ! fi tel eft mon fort
Que je dois, ou régner, ou recevoir la mort,
Que la fuperbe Loi, qui du rang de fon Pere
Semble exclure à jamais le Fils de l'Etrangere
M'offre, pour y monter, un légitime droit ;
Que l'Univers, en moi, reconnoiffe fon Roi.
S'il le faut, employons même jufqu'à la feinte.
Dieux ! vous m'en avez trop impofé la contrainte.
Allons : & que mon Pere ignore mon Deftin,
Jufqu'à ce qu'on ait mis le Sceptre dans ma main.

S C E N E I I.

LYSIMACHUS, AGATOCLE.

AGATOCLE.

EH bien, Seigneur, puis-je être informé par vous-même
Si l'on va ceindre enfin mon front du Diadême ?
Ou si me disputant le Pouvoir souverain......

LYSIMACHUS *lui donnant une Lettre.*

Lisez, De Cassander vous connoissez la main :

AGATOCLE *lit.*

» Si mes délais ont lieu de vous surprendre,
» Seigneur ; & si, malgré l'avis de Perdiccas,
 » A faire un Roi, je n'ai pû condescendre,
» Sans sçavoir mes raisons, ne me condamnez pas.
  » J'ai des secrets à vous apprendre,
  » D'où nos Destins doivent dépendre.
  » Surtout, ne précipitez rien ;
» Et daignez m'accorder un secret entretien.

CASSANDER.

Ainsi donc la Grandeur Souveraine,
Entre un Rival & moi, flotte encor incertaine ?

LYSIMACHUS.

Oui, Seigneur ; & sçachant ce que vous méritez,
Je n'avois point prévû tant de difficultés.
Roxane peut beaucoup ; & contre mon attente,
Son Fils est soûtenu d'une Brigue puissante.

Ce n'eſt point pour vanter mon zéle ni ma voix ;
Mais, ſans moi, ce Rival triomphoit de vos droits.
Cependant quelqu'eſpoir qu'ait pû former ſa Mere,
Nous pouvons renverſer ce projet téméraire ;
Et ſi vous êtes prêt d'entrer dans mes deſſeins,
Je puis mettre à l'inſtant le Sceptre dans vos mains.

A G A T O C L E.

Ah ! ce zéle ſi prompt à prendre ma défenſe,
Vous donne ſur mes vœux une entiére puiſſance.
Vous ranimez ici mon eſpoir le plus doux.
C'eſt un Pere, Seigneur, que je retrouve en vous.

L Y S I M A C H U S.

Je chéris cet aveu. Vous me rendez juſtice :
Mais il faut, dès ce jour, épouſer Euridice.

A G A T O C L E.

L'épouſer !

L Y S I M A C H U S.

Qui peut donc rallentir votre ardeur ?
D'où vous vient tout-à-coup cette ſombre froideur ?
Vous avez ſouhaité l'Hymen que je propoſe.
De votre changement je ne puis voir la cauſe.
Vous aimiez Euridice !

A G A T O C L E.

Et veux toujours l'aimer,
Autant que ſes vertus ont droit de me charmer.
Cependant, s'il vous faut expliquer ma ſurpriſe,
Comment peut cet Hymen hâter votre entrepriſe ?

LYSIMACHUS.

Tout le Camp le fouhaite. En faveur de ce choix,
Je prétends le porter à couronner vos Droits.

AGATOCLE.

Mais fongez-vous, Seigneur, que l'Armée elle-même
Met aux mains de trois Chefs tout le Pouvoir fuprême ;
Que c'eft de Caffander, de vous, de Perdiccas,
Que l'on attend un choix pour finir nos débats.
Que Perdicas enfin, puifqu'il faut vous le dire,
Charmé de la Princeffe, à fon Hymen afpire ?
Voulez-vous qu'époufant ce qu'il aime, à fes yeux,
Je porte dans fon ame un dépit furieux ?
Que lorfque mon Deftin, de lui feul, peut dépendre,
J'aille frapper fon cœur par l'endroit le plus tendre ?
Non, Seigneur ; la prudence en décide autrement.
Un ami fi puiffant veut du ménagement.
Cachons-lui nos deffeins. Il ne doit les connoître
Que quand il fera tems de lui parler en Maître.

LYSIMACHUS.

Dieux ! c'eft lui.

SCENE III.

LYSIMACHUS, PERDICCAS, AGATOCLE.

PERDICCAS *à Lyfimachus.*

PUIS-JE ici vous le dire entre nous ?
Seigneur, j'ai quelque lieu de me plaindre de vous.

Quand flatté d'obtenir votre illuftre fuffrage ,
Je vous ai dit ma flâme , & l'objet qui m'engage ,
Vous deviez m'épargner la cruelle douleur
D'aller près d'Euridice apprendre mon malheur.

AGATOCLE.

Ciel ! où tend ce difcours ?

LYSIMACHUS.

     Qu'a-t'elle pû vous dire ?

PERDICCAS.

Que fon cœur prévenu pour un autre foupire.
La feinte eft inutile ; & c'eft de votre aveu
Qu'aujourd'hui votre Fille allume un fi beau feu.

  à Agatocle.

Ah ! Seigneur, quand charmé des vertus d'Euridice,
Je lui fis de mon cœur le noble facrifice.
Je ne m'attendois pas dans ce moment fatal
Que le Fils de mon Roi dût être mon Rival.
Si je l'euffe prévû, contre de fi doux charmes
Peut-être mon devoir m'auroit fourni des armes :
Mais je veux vous montrer par une jufte Loi
Comment doit en ufer un homme tel que moi.
Je ne troublerai point une union fi belle.
Epoufez Euridice, & regnez avec elle.
Je l'aime, & vous la céde ; & je veux en ce jour
Que l'amour la couronne aux dépens de l'amour.

AGATOCLE.

Quoi, Seigneur, vous voulez ?.....

PERDICCAS.

     En cédant Euridice ,
Je fens ce que me coûte un fi grand facrifice ;

Mais mon cœur en frémit, fans en être abattu.
Regnez ; & qu'avec vous régne auffi la vertu !
Ne vous informez point par quelle Loi févére
Vous avez pû me rendre à moi-même contraire.
Un Sujet eft heureux, quoiqu'il coûte à fon cœur ;
Quand il peut, de fon Prince, affurer le bonheur.

L Y S I M A C H U S.

Je l'avoüerai, Seigneur ; cette grande Victoire,
A celle d'Alexandre égale votre gloire.
En faveur d'un Rival vous domptez votre amour.
Mais fi ce Prince auffi par un jufte retour......

P E R D I C C A S.

Non, Seigneur ; je n'ai fait que ce que j'ai dû faire.
Ma vertu, d'elle-même, attend tout fon falaire.
Mais pour mieux affurer le Trône à ce Héros,
Je vais, de Caffander, prévenir les Complots.
J'ai fçû qu'Antigonus, Seleucus, Ptolomée,
Et quelques autres Chefs, tous puiffans dans l'Armée,
Pour un deffein fecret chez lui viennent d'entrer.
D'une vertu forcée il a beau fe parer,
Mes yeux ont vû tantôt, au trouble qui l'agite,
Toutes les trahifons que fon orgueil médite.
Je m'emporte, Seigneur. J'ai peut-être oublié
Qu'une longue habitude avec vous l'a lié.
Mais s'il eft votre ami, qu'il foit digne de l'être,
Et qu'il choififfe enfin ce Prince pour fon Maître.

A G A T O C L E.

Seigneur, tant de vertu me ravit, me confond.
Du plus glorieux fort la mienne vous répond :

Et

Et je veux qu'en ce jour Euridice elle-même......
Je ne m'explique point. Mais ce Pouvoir suprême
Que je devrai bien-tôt à vos efforts heureux......
Je ne l'accepte enfin...... que pour combler vos vœux.

SCÉNE IV.

LYSIMACHUS *seul.*

L'AI-JE bien entendu ? Quel indigne artifice !
A son Rival, ô Ciel ! offre-t'il Euridice ?
Ainsi d'un autre objet ton cœur seroit épris !
Et ma Fille, pour toi, n'est pas d'assez haut prix !
Tu voulois me tromper par tes feintes caresses ;
Et la soif de régner te dictoit tes promesses !
Ha ! que l'amour voit clair sur tous ses intérêts !
Vous avez pénétré dans ses desseins secrets,
Ma Fille ; & sans vos soins, par une erreur fatale,
Je faisois avec lui régner votre Rivale.
Mais il est encor loin de nous donner des Loix.
Cassander, je le sçai, lui refuse sa voix ;
Et même contre lui forme un secret orage.
Je l'attens en ce lieu. Démêlons son suffrage.
Si, du Fils de Roxane, il prend les intérêts,
J'abandonne l'ingrat, pour suivre ses projets.
Mais lui-même il paroît.

SCENE V.

LYSIMACHUS, CASSANDER.

CASSANDER.

M'Est-il permis de croire,
Que, de notre amitié, confervant la mémoire,
Vous voudrez m'accorder un moment d'entretien,
Seigneur, où votre cœur fe montre tout au mien ?

LYSIMACHUS.

Oui, Seigneur, vous pouvez vous expliquer fans crainte,
Et de votre difcours bannir toute contrainte.

CASSANDER.

Je tremble à découvrir à vos yeux un projet,
Que j'aurois dû, fans vous, achever en fecret.
Philippe, de fi près, tient à votre Famille....
L'Hymen, qui va, dit-on, l'unir à votre Fille.....
Le fang, vos intérêts; ce font là des raifons
Qui devroient.....

LYSIMACHUS.

Banniffez vos injuftes foupçons.
Plus que vous ne penfez, le fort réduit mon ame
A feconder les vœux dont la vôtre s'enflâme.
Non, n'appréhendez point de m'en voir éclairci.

CASSANDER.

Sçachez donc les deffeins qui m'amenent ici.

Par quel caprice injufte, ennemis de nous-mêmes,
Voulons-nous renoncer à tant de Diadêmes ?
Alexandre doit tout à nos bras triomphans.
N'eft-ce pas nous, Seigneur, qui fommes fes Enfans ?
Qu'ont fait, pour conquerir tant de vaftes Provinces,
Le Nom & les Exploits de ces deux foibles Princes,
Dont l'un eft au Berceau ; l'autre encor enyvré
Des folles paffions où l'âge l'a livré ?
Faut-il que, pour l'un d'eux dépoüillant nos Conquêtes,
Le fruit de nos travaux paffe fur d'autres têtes ?
Non, Seigneur, trop d'Etats font foûmis à nos Loix,
Pour une feule main, ce Sceptre a trop de poids.
Tant de pouvoir accable ; ou bien-tôt fait éclorre
Mille Monftres d'orgueil que l'Univers abhorre.
Nous l'avons éprouvé ; modefte auparavant,
Alexandre écouta ce charme décevant :
Bien-tôt, de fa grandeur oubliant le principe,
Il ne voulût plus voir fon Pere dans Philippe.
Par quelles cruautez ce Prince furieux
Vengea-t'il le refus d'un Encens odieux ?
Son courroux, fi funefte à fes Chefs les plus braves,
Diftingua-t'il jamais fes Amis des Efclaves ?
Que devint Philotas, Clitus, Parménion ?
Expofé par fon ordre aux fureurs d'un Lion,
Vous-même alliez périr, fi ce Monftre terrible
N'eût fervi de Victime à ce bras invincible.
Et vous voulez qu'un Fils de ce fuperbe Roi
Suive un jour fon exemple, & nous donne la Loi ?
Non, non : c'eft trop fouffrir Alexandre pour Maître.
Regnons. Et qu'il foit Dieu, puifqu'il a voulu l'être.

Cédons-lui cet honneur qui le rendit si vain.
Que sa postérité, partageant son Destin,
Et le suivant de près au séjour du Tonnerre,
Laisse aux Hommes le soin de gouverner la Terre.

LYSIMACHUS.

Votre dessein est grand, Seigneur ; mais dangereux ;
Le succès en peut être illustre, ou malheureux.
Cependant j'avoüerai qu'il peut avoir des charmes
Dignes de balancer les plus grandes allarmes.
Mais qui vous répondra que, soûmis à nos Loix,
Tant de Chefs, nos égaux, tous dignes d'être Rois,
Verront d'un œil content nos Têtes couronnées
Dès Palmes, qu'avec nous ils avoient moissonnées ?

CASSANDER.

Séleucus, Ptolomée, Arsace, Antigonus,
De ce noble dessein, déja sont prévenus.
Si nous leur accordons quelque part à l'Empire,
Au dessein que je forme, ils sont prêts de soufcrire.
En vain les autres Chefs refuseront leurs voix :
Nous sçaurons les contraindre à respecter nos Loix.
Ainsi, quand nous aurons calmé leur jalousie,
Nous pouvons partager & l'Europe & l'Asie.
Profitons de ce tems ; l'occasion nous rit.
Je commande en ces Murs ; le Camp vous obéit ;
Rien ne nous fait obstacle.

LYSIMACHUS.

             Ah ! pouvez-vous le croire ?
Ne comptez-vous pour rien ma vertu, votre gloire ?
Que dira l'Univers, si, sans honneur, sans foi,
Nous trahissons ainsi les Fils de notre Roi ;

Et si, les dépouillant de leur droit légitime,
Nous fondons, pour régner, nos Titres sur le crime ?

CASSANDER.

Je le vois bien, Seigneur ; prompt à vous allarmer,
Par de plus grands motifs il faut vous animer.
Sçachez donc que le Ciel, par d'éclatantes marques,
Vous destine une Place au rang des grands Monarques ;
Que tant d'affreux dangers dont il vous a tiré,
Du sort qui vous attend, sont un gage assuré.
C'est peu d'avoir vaincû les Monstres de Lybie,
D'avoir traversé seul les Deserts d'Arabie,
D'avoir bravé la mort dans ces rudes climats
Qu'habitent seulement la neige & les frimats ;
Rappellons, rappellons ce jour, où la Victoire
N'abandonna Porus que pour croître sa gloire,
Quand aux bords de l'Hydaspe Alexandre Vainqueur
Rencontra des périls dignes de son grand cœur.
Il pensa succomber dans ce combat terrible.
Sans vous, il y perdoit le titre d'invincible.
Vous couvrîtes son corps, tout prêt d'être percé ;
Vous reçûtes le coup, en son sein adressé ;
Votre sang ruisseloit, quand ce Prince lui-même,
Pour appareil, au front vous mit son Diadême ;
Comme s'il eût voulû, par cet insigne honneur,
Vous céder, en mourant, sa suprême Grandeur.
Vous vivez : il n'est plus. Par quelle injuste crainte ?...

LYSIMACHUS.

Vous portez à ma gloire une cruelle atteinte.
Dans le cœur des Mortels, fatale Ambition,
Que tu semes de feux & de confusion !

Je sens que vos discours, trop puissans sur mon ame,
Redoublent les transports de l'ardeur qui m'enflâme.
Je sens qu'il faut vous fuir pour sauver ma vertu.

SCENE VI.

CASSANDER *seul.*

JE vois, au trouble affreux dont il est combattu,
Qu'à suivre mes desirs vainement il balance.
C'en est fait ; plus d'obstacle, & plus de résistance,
Contre les derniers coups que je veux lui porter.
Le seul nom de Philippe a sçû le révolter ;
J'ai vû son cœur frémir. O Politique adroite,
Qui m'a fait découvrir leur rupture secrette,
Et saisir un instant si propre à le changer !
J'ai des moyens certains pour le mieux engager,
Achever sa défaite, & le porter lui-même
A vaincre dans ce jour la défiance extrême,
Qui, de tous mes desseins, éloigne Perdiccas.
Tous deux en vont bien-tôt suivre le doux appas.
Oui, déja je triomphe ; & le sang d'Alexandre,
A l'Empire des Grecs n'a plus rien à prétendre.
Mais d'un hardi projet où la prudence agit,
La diligence encor doit assurer le fruit.
Cherchons Lysimachus ; allons lui faire entendre,
Si nous voulons régner, quel sang il faut répandre.

Fin du troisiéme Acte.

ACTE QUATRIEME.

SCENE I.

ARSINOE', AGATOCLE.

AGATOCLE.

MADAME, il faut parler ; le péril est certain.
Mon Pere ne peut plus ignorer mon Destin.
Trop long-tems aveuglé par une erreur funeste,
Pour voir régner son sang, il médite l'Inceste :
En vain, pour résister à ses pressans efforts,
J'ai fait, de ma prudence, agir tous les ressorts.
Mes délais prétextés lui semblent une injure.
Lorsque je fuis l'Inceste, il me nomme Parjure.
Rien ne peut retarder le dessein qu'il a pris ;
Il veut voir notre Hymen ; le Trône est à ce prix.

ARSINOE'.

Je viens de le quitter ; mon Fils, soyez tranquile :
A toutes mes raisons, je l'ai trouvé docile ;
Son cœur, sur cet Hymen, n'est plus impatient,
Et j'ai sçû rassurer son esprit défiant.

AGATOCLE.

Mais qui vous répondra que, calme en apparence,
Il n'auroit pas déja médité sa vengeance ?
Qui sçait à quel excès de haine & de fureur
Il peut être porté par son aveugle erreur ?

Madame, faites-vous un effort falutaire.
Ne délibérons plus. Allons trouver mon Pere ;
Prévenons le danger ; découvrons-lui mon fort.

ARSINOE'.

Hélas ! vous découvrir, c'eft vous donner la mort.
Ne vous fouvient-il plus de ce cruel Oracle ?.....

AGATOCLE.

Serons-nous retenus par un fi foible obftacle ?
Aux réponfes des Dieux, qui veut trop s'arrêter,
Souvent court au péril, en voulant l'éviter.
D'un Oracle confus, oublions la ménace ;
Que la raifon l'écarte, & décide en fa place :
Elle a fur nos efprits un droit fi naturel.
La raifon eft pour l'Homme un Oracle éternel.

ARSINOE'.

Ah ! peut-on l'écouter, quand le Ciel eft contraire ?
Non, je ne puis encor éclaircir votre Pere.
Je crains plus que jamais ce terrible moment.
Mon efprit eft frappé d'un noir preffentiment.
Et puifqu'il le faut dire, aux traits d'un fonge horrible
J'ai vû, de vos malheurs, une image terrible.
J'étois feule, & rêvant au moyen le plus prompt
Qui du Bandeau royal pût orner votre front :
Une noire vapeur, fur mes yeux defcenduë,
S'empare tout-à-coup de mon ame éperduë.
Alexandre, mon Frere, à mes yeux s'eft montré ;
Sa démarche étoit fiére, & fon Port affuré.
Sa droite avoit le Fer, inftrument de fa gloire ;
Et fa gauche, à fon Sceptre, enchaînoit la Victoire.

Vous-même avez parû, conduit par mon Epoux.
Soudain, l'Ombre a fixé tous ses regards sur vous ;
Et semblant indignée, aux mains de votre Pere
Elle a remis son Sceptre.& son Fer tutelaire.
A l'aspect de ces dons, que sa main a reçûs,
J'ai vû long-tems flotter le fier Lysimachus ;
Tantôt prêt de garder, tantôt prêt de vous rendre,
Et le Sceptre & le Fer qu'il tenoit d'Alexandre.
» Ah ! peux-tu balancer, ai-je dit ? c'est ton Fils;
» Et quand tu le crûs mort, ce fût un faux avis.
Votre Pere, à ces mots, garde un morne silence,
Doute, frémit, s'émeut, part, & vers vous s'élance :
Je crois qu'il va porter le Sceptre en votre main ;
Et c'est le Fer, mon Fils, qu'il plonge en votre sein.

AGATOCLE.

Justes Dieux !

ARSINOE'.

J'ai pâli de ce coup effroyable.
Je courrois vous offrir une main secourable :
Mes yeux se sont ouverts, j'ai connû mon erreur;
Mais le songe, en fuyant, m'a laissé ma terreur.

AGATOCLE.

Le Ciel a donc rendû mon malheur nécessaire.
Le Trône m'offre seul un abri salutaire.
Si je me tais, je perds la suprême Grandeur :
Si je me fais connoître, on va percer mon cœur :
Et dès qu'à mon salut une voye est ouverte,
Je trouve au premier pas, ou l'Inceste, ou ma perte.

ARSINOE.

D'un espoir plus heureux, remplissez votre cœur.
Perdiccas, je le sçai, charmé de votre Sœur,
Veut encor, de ses feux, vous faire un sacrifice :
Son amour est content, s'il peut voir Euridice,
A l'Empire du Monde, élevée avec vous :
Il fait, à cet Espoir, céder des soins plus doux.
C'est ainsi qu'un Héros, qu'un grand cœur, lorsqu'il aime,
Ne connoît de bonheur, dans sa tendresse extrême,
Que celui de l'objet qui le tient asservi ;
Tous ses vœux sont comblés, s'il croit l'avoir servi.
Je vais donc l'engager..... mais je vois votre pere ;
Vous ne sçauriez le fuir.

AGATOCLE.

O Ciel ! que dois-je faire ?

ARSINOE.

Parlez-lui ; mais feignez : ne vous découvrez pas.
C'est le dernier instant d'un si triste embarras.

SCÈNE II.

LYSIMACHUS, AGATOCLE.

LYSIMACHUS.

PRINCE, je vous cherchois. Il n'est plus tems de feindre.
Il faut vous expliquer, devant moi, sans rien craindre :
Et pour vous engager à ne me cacher rien ;
Votre cœur, le premier, va lire dans le mien.

Quand Alexandre, prêt de céder à la Parque,
Fût contraint de quitter le haut rang de Monarque :
Par un indigne choix, craignant de l'avilir,
Il mourût, sans nommer qui devoit le remplir.
Le mérite en son cœur emporta la balance ;
Et le plus digne, enfin, obtint la préférence.
Auſſi-tôt, ennivrez d'un charme ſéducteur,
Ses Chefs ouvrent l'oreille à cet eſpoir flatteur.
Chacun d'eux, en ſon cœur, dévore la Couronne ;
Et croit ſeul mériter les honneurs qu'elle donne.
J'arrêtai leur orgueil ; pour réunir leurs voix,
Je vantai votre Nom, vos Vertus, & vos Droits.
Je vous fis des amis, dont la brigue puiſſante,
Contre un Rival naiſſant, appuya votre attente.
Mes ſoins, de tous côtés, éclaterent pour vous.
De ma Fille, en ſecret, je vous nommai l'époux.
Sans l'en faire avertir, & ſans vous en inſtruire,
Par ſa Mere, en ces lieux, je l'avois fait conduire.
Quand j'allois vous offrir le Sceptre avec ſa main,
Vous m'avez prévenu dans ce noble deſſein.
Je veux croire qu'ainſi l'ordonnoit votre gloire :
Mais un tel ſoin bien-tôt ſort de votre mémoire.
On ne m'abuſe point. Prince, ſongez-y bien.
Vous avez votre but ; je puis avoir le mien.
Et puiſque j'ai promis ici d'être ſincére ;
J'ai de l'ambition, & ma Fille m'eſt chére.
Son ſort va dans l'inſtant régler votre deſtin.
C'eſt à vous de choiſir ſi vous voulez enfin,
Reſter Fils d'Alexandre, ou monter à l'Empire.
Voilà ce que j'avois, ſur ce point, à vous dire.

AGATOCLE.

Mon choix n'eſt point douteux : étant ce que je ſuis,
J'aime mieux en ſecret dévorer mes ennuis;
Et quitter à jamais un eſpoir légitime,
Que d'acheter de vous le Trône par un crime.

LYSIMACHUS.

Et quel crime peut ſuivre un Hymen glorieux,
Que la raiſon conſeille, & qu'approuvent les Dieux ?

AGATOCLE.

Ah ! ſi le Ciel n'eſt point à mon bonheur contraire,
Du moins, ſa voix encor veut que je le différe.
Mieux que vous, ſur ce point, je ſçai ſa volonté,
Et vous cache à regret la triſte vérité.

LYSIMACHUS.

En vain vous m'oppoſez un obſtacle frivole.
Les Dieux n'engagent point à manquer de parole :
Suivant vos intérêts, vous empruntez leur voix.
Je vais donc vous parler pour la derniere fois.
Vous aſpirez au Trône ! hé ! bien, pour y prétendre,
C'eſt un Tître aſſez vain qu'être Fils d'Alexandre.
Je vous avois ouvert les chemins les plus courts;
Mais vos Droits ne ſont rien, privés de mon ſecours.

AGATOCLE.

J'entrevois vos deſſeins. Malgré votre coléře,
Seigneur, examinez ce que vous allez faire.
N'attirez point ſur vous un déluge de maux.
Je vous ferois trembler, ſi je diſois deux mots.

Mais je ne puis encor rompre un cruel silence :
Votre propre intérêt vous porte à ma défence.
Gardez, à vos soupçons, de me sacrifier.
C'est à votre cœur seul à me justifier.

SCENE III.

LYSIMACHUS *seul.*

D'QU vient que je frémis ? Et quelle voix secrette
Par un langage obscur me trouble, & m'inquiette ?
O toi, qui que tu sois, trop confus mouvement,
Cesse de me rien dire, ou parle clairement.
Mais j'ouvre enfin les yeux ; je reconnois le charme.
J'ai trop aimé l'ingrat ; voilà ce qui m'allarme.
Pour le voir en ce jour sur le Trône placé,
Mon cœur, à ce haut rang, sans peine eût renoncé.
C'en est fait. Il le veut ; poursuivons l'entreprise.
Perdiccas va venir : il faut qu'il l'autorise.
Qu'à ce prix de ma Fille, il obtienne la main :
Que ce nœud..... le voici. Découvrons-nous.

SCENE IV.

LYSIMACHUS, PERDICCAS.

PERDICCAS.

ENFIN,
Seigneur, de votre choix, la nouvelle semée,
A déja réuni tous les vœux de l'Armée.

Le Camp veut voir Philippe ; &, foûmis à fes Loix,
Reconnoître dans lui l'Héritier de nos Rois.
Prévenus qu'à ma voix fe joint votre fuffrage,
Les premiers de nos Chefs viennent lui rendre hommage :
Bien-tôt, dans ce Palais vous les verrez entrer.

LYSIMACHUS.

Notre choix ne doit pas encor fe déclarer,
Seigneur ; & Caffander, à notre avis contraire,
Demande que d'un jour au moins on le différe.

PERDICCAS.

Et voilà ce qui doit vous faire ouvrir les yeux.
Caffander a formé des projets odieux.
J'en ai plus découvert que je n'ofe vous dire.
Seigneur, fon crime eft fûr ; il en veut à l'Empire :
Et pour s'ouvrir au Trône un coupable chemin,
Lui-même, d'Alexandre, il hâta le Deftin.
Ce bruit n'eft plus douteux : & je prévois encore
Qu'il voudra fe fouiller d'un crime que j'abhorre.

LYSIMACHUS.

Seigneur, dans vos difcours, fongez à l'épargner.
Mais quand il feroit vrai qu'il afpire à régner,
Ce deffein, à vos yeux, eft-il fi condamnable ?
Partageant cet honneur, vous croiriez-vous coupable ?

PERDICCAS.

Dieux ! que propofez-vous ? Eft-ce pour me tenter ?....
Mais, Seigneur, fur ma foi vous devez mieux compter.
Mon choix, vous le fçavez, tombe fur votre Gendre.
Avec vous, conftamment je fçaurai le défendre.

Quoiqu'il faille, à ce Prince, immoler mon espoir,
Je n'ai point d'intérêt plus cher que mon devoir.

LYSIMACHUS.

Je vous vois à regret faire un tel sacrifice.
M'en croirez-vous, Seigneur ? Epousez Euridice.
Je change de dessein : Philippe est un ingrat.
Songeons à faire un choix plus digne de l'Etat.
Et, puisque de l'Armée on nous fait les Arbitres,
De l'Empire, en nos mains, assurons-nous les Titres.
Tout doit vous engager dans ce noble projet.
Ma Fille en est le prix ; le Trône en est l'objet.
Tout prêt à couronner cette grande entreprise,
La gloire vous l'ordonne, & l'amour l'autorise.

PERDICCAS.

Quentends-je ? juste Ciel ! est-ce donc vous, Seigneur ?
Quel coupable intérêt a changé votre cœur ?
Ah ! je n'en doute plus ; & les conseils d'un traître....
Mais du moins apprenez, Seigneur, à me connoître.
En vain vous vous flattez de corrompre ma foi.
Vous proposez un prix trop indigne de moi.
J'ai de l'Ambition, & j'adore Euridice :
Mais je déteste un bien fondé sur l'injustice ;
Et je sçais que les Dieux, Protecteurs des Héros,
Punissent, tôt ou tard, les perfides complots.

LYSIMACHUS.

Ces scrupuleux devoirs, dont le remord vous blesse,
Souvent couvrent, d'un cœur, l'orgueilleuse foiblesse ;
Et quand, dans la carriere, il n'ose s'engager,
Toujours il craint les Dieux bien moins que le danger.

Banniſſez ces frayeurs ; & ceſſez de prétendre
Que le Ciel s'intéreſſe à vanger Aléxandre,
Un Prince qui, rempli de projets odieux,
Dédaignant les Mortels, veut s'égaler aux Dieux,
Souleve contre lui, pour hâter ſon naufrage,
Les Mortels qu'il mépriſe, & les Dieux qu'il outrage,
Tel étoit Aléxandre ; il n'eſt plus : & ſes Fils,
Par le courroux du Ciel, avec lui, ſont proſcrits.

PERDICCAS.

Si le Ciel a proſcrit les Enfans d'Aléxandre,
Contre lui, s'il le faut, nous devons les défendre,
Et dûſſions-nous enfin, combattre ſon courroux,
Faiſons notre devoir ; c'eſt ce qu'il veut de nous.
Sur les Enfans des Rois, jamais un bras perfide,
Ne léve impunément un glaive parricide :
Et quand, par le Ciel même, un Prince infortuné
Aux fureurs des Mortels ſe trouve abandonné,
On voit briller le feu qu'en leurs mains il allume;
Mais la foudre, en partant, eux-mêmes les conſume.

LYSIMACHUS.

Ah ! de grace, tranchons d'inutiles diſcours :
C'eſt trop, à votre honte, en prolonger le cours.
Nous avons condamné les deux Fils d'Aléxandre.
Choiſiſſez le parti qu'il vous convient de prendre.
Deux chemins ſeulement ſont ouverts devant vous.
Perdez-vous avec eux ; ou régnez avec nous.

PERDICCAS.

Je ſçais qu'en m'oppoſant à votre barbarie,
Je vais, contre moi-même, armer votre furie.

Je sçais que dans ces Murs vous avez tout pouvoir :
Mais, en vain, vous croyez ébranler mon devoir.
La crainte du péril ne rend point légitime
Ce qui, loin du danger, nous paroissoit un crime.
L'honneur n'a qu'un vrai point ; & ferme sous ses Loix,
Un grand cœur veut toujours ce qu'il veut une fois.
Mon choix est fait. Je sors : & cours apprendre aux traîtres
Qu'un fidéle sujet ose tout pour ses Maîtres ;
Et que dans le péril, prompt à les secourir,
S'il ne peut les sauver, du moins il sçait mourir.

SCENE V.

LYSIMACHUS *seul*.

VA, je redoute peu cette vaine menace ;
   Et bien-tôt l'on va mettre un frein à ton audace.
Mes ordres sont donnés pour s'assurer de toi.
Que ton sang répandu !.... Malheureux ! est-ce à moi
De poursuivre un Héros, dont le zéle intrépide
Veut m'arracher des mains un glaive parricide.
Quoi ? je puis immoler un Prince vertüeux,
Pour qui toujours mon cœur, malgré moi, fait des vœux ?
Quand je songe au moment qui doit trancher sa vie,
Tout mon sang révolté contre moi se récrie.

S C E N E   V I.

LYSIMACHUS, CASSANDER.

CASSANDER.

HE ! bien, de Perdiccas, qu'avez-vous obtenu ?
Par quelques vains remords feroit-il retenu,
Seigneur ? Et la Couronne a-t'elle peu de charmes
Pour engager ce cœur trop plein de ces allarmes ?

LYSIMACHUS.

En vain, pour le gagner, j'ai long-tems combattu.
Par des Liens trop forts il tient à la Vertu ;
Rien ne peut l'ébranler : son devoir seul le guide ;
Et le danger, en lui, trouve une ame intrépide.
Sçachant que de Philippe on menace les jours,
Au péril de sa vie, il vole à son secours.
Loin de le condamner, Seigneur, daignez m'en croire ;
Imitons son exemple ; il nous méne à la gloire.
S'il est beau de régner, il est plus glorieux
De rétablir un Prince au rang de ses Ayeux.
N'allons point, écoutant des fureurs criminelles,
Dans le sang de nos Rois tremper nos mains cruelles ;
Et laisser après nous à la Postérité,
Un exemple d'audace & d'infidélité.

CASSANDER.

Seigneur, s'il faut ici vous dire ma pensée,
Pour quitter l'entreprise, elle est trop avancée.
Philippe, quelque jour, sçaura de Perdiccas
Que nous avions, tous deux, résolû son trépas :

Et si sa main fatale au Sceptre peut atteindre,
De son ressentiment, nous avons tout à craindre.
Croyez-moi ; prévenons ce moment redouté ;
Sacrifions ce Prince à notre sureté.
La crainte & les remords sont d'une ame commune
Que touche foiblement le soin de la fortune.
Mais un cœur bien épris du desir de régner ,
Pour monter à ce rang , ne doit rien épargner.
Les plus grandes fureurs deviennent légitimes.
Le Trône est un Autel : il lui faut des Victimes :
La gloire les immole ; & , le Fer à la main ,
Y verse chaque jour des flots de sang humain.

LYSIMACHUS.

Et qui peut, à ce prix, aimer une Couronne ?
Ignorez-vous les noms qu'à ces forfaits l'on donne ?
L'Univers, quelque jour, peut-il les oublier ?

CASSANDER.

Couronner ses forfaits, c'est les justifier.
Dès qu'ils sont sous la Pourpre, on les trouve excusables ;
Et le Peuple, en ses Rois, ne voit point de coupables.

LYSIMACHUS.

Mais quand ils ne sont plus, du fonds de leur tombeau
L'affreuse vérité fait sortir son flambeau ,
Et montre, à l'Univers, leurs vertus & leurs crimes.
Voilà ce qui défend d'innocentes Victimes.
Que nous a fait enfin ce sang infortuné,
Par notre ambition, à périr, condamné ?

CASSANDER.

Et que nous avoient fait tant de Rois, qu'Alexandre
Du Trône, dans les fers, par nos mains fit defcendre?
Avions-nous jamais vû leurs Bataillons Epars,
Dans les champs de la Grèce, affiéger nos Remparts?
Sur leurs propres Foyers, leur valeur endormie,
Ignoroit jufqu'au nom d'une Terre ennemie.
Alexandre, brûlé d'une fatale ardeur,
Vit que ces Rois faifoient obftacle à fa grandeur :
Il alla les chercher jufqu'au bout de la Terre ;
Il les fit fuccomber, fous l'effort de la guerre ;
Et dans tous les Climats, du Deftin fecondé,
Il établit fon droit, fur le glaive fondé.

LYSIMACHUS.

Oui, ce Héros partout fit voler la victoire ;
Mais dans tous fes projets il confulta la Gloire.
Il attaqua des Rois, fur leur Trône affermis,
Qui lui devenoient chers, dès qu'ils étoient foûmis.
Contre eux, ce fier Vainqueur, marchant à force ouverte;
Par la fraude jamais ne médita leur perte.
Et fi vous en doutez, fouvenez-vous au moins
Quel prix reçût Beffus de fes perfides foins.

CASSANDER.

Eh bien, puifque votre ame, incertaine & tremblante,
Se refufe, au deffein qui flattoit notre attente,
Faifons régner Philippe : allons mettre en fa main
Le Fer, quil doit bien-tôt plonger dans notre fein.
Ou fi la vie encor a pour vous quelques charmes,
Banniffez, loin de vous, ces funeftes allarmes.

Vous balanciez tantôt : mes conseils ont tant fait
Que, par vous, Perdiccas sçait tout notre projet.
Il faut donc le poursuivre ; on ne peut plus le taire ;
Et devenu public, il devient nécessaire.

S C E N E   V I I.

LYSIMACHUS, CASSANDER, UN GARDE.

LE GARDE.

SEIGNEUR, j'accours ici, rempli d'un juste effroi.
Je ne sçai que penser de tout ce que je voi.
Perdiccas, par des soins, qu'on ignore peut-être,
Change l'ordre du Camp, & va s'en rendre maître.

CASSANDER.

Eh bien, vous l'entendez ! tant de témérité…..

LYSIMACHUS.

Dans quel piége, cruel, m'avez-vous arrêté !
Mais courons prévenir une injuste disgrace,
Et repoussons du moins le coup qui nous menace.

Fin du quatriéme Acte.

ACTE CINQUIEME

SCENE I.

EURIDICE, SE'LINE.

SE'LINE.

OUI, le Prince viendra ; bien-tôt vous l'allez voir :
Votre cœur, sur le sien, réglera son espoir,
Madame : mais si j'ose en croire un noir augure,
Tout doit vous allarmer ; & rien ne vous rassure.
Ne perdez point de tems. Volez à son secours :
Je crains qu'en ce moment l'on n'attente à ses jours.
Philippe est observé par une Garde austére,
Qu'attache, sur ses pas, l'ordre de votre Pere.
Le Peuple est consterné ; le Soldat, éperdu.
On dit même (& ce bruit n'est que trop répandu)
Qu'Arsinoé, du Prince appuyant l'innocence,
Engage tout le Camp à prendre sa défense.

EURIDICE.

Ah ! Séline, sans doute on a juré sa mort :
Il faudra qu'il succombe aux rigueurs de son sort.
Malheureuse ! & c'est moi, dont la jalouse rage
Souléve contre lui ce dangereux orage ;
C'est moi, qui de mon Pere aigrissant le courroux,
Ai versé dans son sein tous mes transports jaloux !

Hélas ! devois-je en croire une ardeur infenfée !
Toi-même, que n'as-tu combattu ma penfée,
Quand, prête d'accufer mon funefte vainqueur,
Je me plaignois à toi qu'il m'eut ravi fon cœur !

SE'LINE.

Quel injufte reproche ! oubliez-vous, Madame,
Tout ce que j'ai tenté pour raffurer votre ame ?

EURIDICE.

Pardonne ce reproche au trouble où tu me vois.
Séline, il m'en fouvient, j'ai négligé ta voix.
Mon violent dépit m'a feul déterminée ;
Et je fuis, de fes maux, la caufe infortunée ;
C'eft là mon défefpoir. Philippe va venir.
De quel front le pourrai-je encor entretenir ?
De fes chagrins tantôt me faifant un myftère,
Il m'avoit dit furtout que je devois les taire.
Il devoit, à ce prix, connoître mon amour.
Hélas ! s'il m'aime encor, quel funefte retour.....
Je le vois : fes malheurs redoublent ma tendreffe.
Cachons lui, s'il fe peut, mon trouble & ma foibleffe.

SCENE II.

AGATOCLE, EURIDICE, SE'LINE.

EURIDICE.

ENfin vous vous rendez à mon empreffement
Prince, fi j'ai voulu vous parler un moment,
Ce neft point pour vous faire un odieux reproche.
Vous pouvez, fans trembler, foûtenir mon approche.

Je ne parlerai point d'un Hymen arrêté,
Proposé par vous-même, & par vous rejetté.
Nos cœurs ne furent point destinés l'un pour l'autre.
Je veux bien immoler tout mon bonheur au vôtre.
D'un Hymen qui vous gêne, il faut rompre les nœuds ;
Et j'aime mieux vous voir ingrat que malheureux.
Mais un soin plus préssant m'inquiéte & me gêne.
Vos refus, de mon Pere, ont attiré la haine ;
Et moi-même, Seigneur, aigrissant son courroux,
J'ai versé dans son sein tous mes transports jaloux.

AGATOCLE.

Quoi ? vous-même, Madame ?.....

EURIDICE.

                  Oui, ma jalouse rage
Soûléve contre vous ce dangereux orage.
Je veux tout réparer : que ne puis-je, grands Dieux !
Moi-même vous placer au rang de vos Ayeux ?
Dûssai-je aussi-tôt fuir sur la rive infernale
Pour ne point voir régner avec vous ma Rivale !

AGATOCLE.

Ah ! Madame, sortez d'une funeste erreur,
Vous n'avez jamais eû de Rivale en mon cœur.
Ne me reprochez point la fraude ou l'inconstance.
Vos yeux n'avoient sur moi que trop pris de puissance.
Mais, hélas ! d'un Hymen qui nous parût si doux,
Désormais, la pensée, est un crime pour nous.
Madame, je ne puis plus long-tems vous le taire.
N'approfondissez point un dangereux mystère.

EURIDICE.

De tout ce que j'entends, que dois-je préfumer ?
Quel trouble me faifit?..... ah ! c'eft trop m'allarmer.
Rompez, Prince, rompez un filence barbare ;
Qu'un fecret fi funefte, à mes yeux, fe déclare;
Tirez-moi, par pitié, d'une fatale erreur.
Faut-il par des fermens raffurer votre cœur?.....

AGATOCLE.

A fçavoir mon fecret votre ame en vain s'attache,
Tel eft l'ordre des Dieux ; il faut que je le cache.
Vous ne concevez pas l'horreur de mon Deftin.
Ce myftère connu ; mon fort eft à fa fin.

EURIDICE.

Et fi vous perfiftez dans ce cruel filence,
Des maux que je reffens, l'extrême violence
N'éteindra-t'elle pas le flambeau de mes jours?
Rien ne peut déformais en prolonger le cours.
L'affreufe jaloufie en fecret me confume ;
Et votre barbarie en aigrit l'amertume.
Eh bien ! à l'irriter demeurez obftiné ;
Mais ce Fer va finir mon fort infortuné.

AGATOCLE.

Quoi!vous pourriez,Princeffe?...ah!c'eft trop me contraindre
Enfin l'heure eft venüe où je ne puis plus feindre.
Un intérêt fi cher, m'arrache mon fecret.
Peut-ètre eft-ce le Ciel qui remplit fon Decret.
J'ai reffenti pour vous la plus vive tendreffe.
J'allois vous époufer : vous aviez ma promeffe.

Tout sembloit conspirer à couronner mes vœux :
Hélas ! qui l'eût prévû ? prêt de former ces nœuds,
J'apprens, d'Arsinoé, que je suis votre Frere.

EURIDICE.

Vous, mon Frere ! Grands Dieux ! pourquoi donc me le taire?

AGATOCLE.

Un Oracle cruel a parlé sur mon sort.
Ce secret sçû d'un Pere entraînera ma mort.

EURIDICE.

Eh ! pourquoi, nourrissant une erreur agréable,
L'amour alluma-t'il une ardeur si coupable?
Ah, mon Frere!... à ce nom.... quel trouble dans mon cœur!....
Je me sens pénétrée & de joye & d'horreur.
Mon ame tout-à-coup interdite, tremblante,
Céde à regret un bien, dont ma flâme contente.....
Mais enfin ces regrets, & ce triste combat,
D'un feu prêt à mourir, font le dernier éclat :
J'en triomphe ; & déja je sens que la nature,
Pour un Frere, en mon cœur, n'a plus de voix obscure :
Mais j'ai causé ses maux ; cruelle Destinée !
A de si grands malheurs, m'as-tu donc condamnée !
Quoi ? tu ne rends un Frere, à mon empressement,
Que pour me le ravir dans le même moment !
Par un avis secret je viens d'être informée
Qu'on s'est saisi des Chefs trop puissans dans l'Armée.
Je ne sçais quels complots on trame dans ces Lieux.
Mille objets de terrreur frappent partout mes yeux.
De vos meilleurs amis on arrête l'élite.
Hélas ! c'est votre mort peut-être qu'on médite.

AGATOCLE.

Ne craignez rien, mà Sœur : le brave Perdiccas
Fait, contre Caſſander, avancer ſes Soldats.
Pour défendre mes droits, je m'en vais les conduire ;
Je vais perir enfin, ou monter à l'Empire.
Les plus braves Guerriers volent à mon ſecours.
Vous, gardez un ſecret d'où dépendent mes jours.

SCENE III.

EURIDICE, SELINE.

EURIDICE.

HA ! je vois un moyen de braver la tempête.
Feignons qu'à m'épouſer, ſa main eſt toute prête.
Allons trouver mon Pere, en proye à ſon erreur ;
Diſons-lui ce qu'il faut pour calmer ſa fureur.
Ses Amis auſſi-tôt verront briſer leur chaîne ;
Lui-même il n'aura plus de Garde qui le gêne.
Alors, pour éviter de trop coupables nœuds,
Le Ciel me fournira quelque prétexte heureux.
Je feindrai, s'il le faut, qu'avant que d'y ſouſcrire,
Je veux le voir, Séline, Arbitre de l'Empire.
Viens ; les Dieux appuiront de ſi juſtes deſſeins.
Mais malgré cet eſpoir, juſte Ciel ! que je crains
Qu'à l'abri de ce Nom, ſi cher à Babilone ;
Mon Frere encor ne puiſſe arriver juſqu'au Trône !
Hélas ! notre bonheur eſt ſouvent enchaîné
A quelque heureux inſtant, par le Ciel deſtiné ;
Et quand on a manqué ce moment favorable,
Le Ciel nous abandonne, & le ſort nous accable.

Mais j'apperçois mon Pere. Il s'approche : grands Dieux !
Quelle aveugle fureur éclate dans fes yeux !

SCENE IV.

LYSIMACHUS, EURIDICE, SE'LINE.

LYSIMACHUS.

C'EN eſt fait ; il mourra. Fui, pitié criminelle !

EURIDICE.

Ah ! qui condamnez-vous ?

LYSIMACHUS.

Un traître, un infidele.
Je retire la main qui lui fervoit d'appui ;
Et je viens d'ordonner qu'on s'affure de lui.
C'eſt fa rébellion qui, de fon fort, décide.
Perdiccas, mais trop tard, s'armoit pour un perfide ;
Et déja Caffander a fçû le prévenir.
Plus d'obſtacle : non, rien ne peut me retenir.
L'on ne vous aura pas vainement outragée :
Le traître va périr ; & vous ferez vengée !

EURIDICE.

Qu'allez-vous faire ? hélas ! voyez couler mes pleurs ;
Mon Pere, prévenez le plus grand des malheurs.....
Le Prince me cherit : j'ai vû fon innocence.
Tout doit vous engager à prendre fa défenfe.
Au nom des Dieux, quittez un projet criminel,
Et qui feroit fuivi d'un remords éternel.

A ce cruel deſſein, ſi vous l'oſez pourſuivre,
Votre Fille, Seigneur, ne pourra pas ſurvivre.
Le coup, qui va, du Prince, ouvrir le triſte flanc,
Fera, juſques ſur vous, réjaillir votre ſang.

LYSIMACHUS.

A vouloir l'excuſer ſoyez moins empreſſée.
Rien ne peut me forcer à changer de penſée.
Je rougis en ſecret de voir que votre cœur,
Pour un ingrat, encor nouriſſe tant d'ardeur.
Etouffez cet amour ; ſoyez digne, ma Fille,
Des honneurs, qu'aujourd'hui je mets dans ma Famille ;
Et ſouffrez que ma main, prompte à les mériter,
Aille verſer le ſang qui doit les cimenter.

EURIDICE.

Non, je ne puis ſouffrir..... mais le cruel me laiſſe.
Je ne me connois plus..... je céde à ma foibleſſe.....
Où ſuis-je ? Ah ! profitez d'un ſalutaire avis.....
Mon Pere..... vous allez..... immoler votre Fils.

LYSIMACHUS.

Lui, mon Fils ! vaine erreur !

EURIDICE.

       Oui, vous êtes ſon Pere :
Bien-tôt d'Arſinoé vous ſçaurez ce myſtère.

LYSIMACHUS.

Moi, ſon pere ! Et comment puis-je encor en douter ?
Mon cœur parle, & c'eſt lui que je dois écouter.
Que faiſois-je ? aveuglé par un conſeil perfide,
Déja mon bras cruel voloit au Parricide ;

Moi-même dans mon fang je courrois me plonger ;
Et j'allois me punir , en voulant me vanger !
Que mon ame eft émûe ! Ah ! mon Fils ! ah ! nature,
Que ne me parlois-tu d'une voix moins obfcure !
Mais courons défarmer les mains des Conjurés.....
Malheureux ! qu'ai-je fait ?

S C E N E V.

LYSIMACHUS, ARSINOE', EURIDICE, SE'LINE.

LYSIMACHUS à *Arfinoé*.

MADAME, vous pleurez ! ·

ARSINOE'.

Oui, je pleure , cruel ! je frémis, je foupire.
Ma voix, à ce récit, fur mes lévres expire.

EURIDICE.

O Dieux !

LYSIMACHUS.

Que dites-vous ? Quoi ! vous ofez penfer.....

ARSINOE'.

Barbare, c'eft ton fang que tu viens de verfer.

LYSIMACHUS.

Dieux !

ARSINOE'.

Le Ciel défendoit de le faire connoître,
Avant que l'Univers l'eût avoué pour Maître.
Je l'allois élever au deftin le plus beau ;
Et c'eft toi feul, cruel, qui le mets au tombeau.

LYSIMACHUS.

Pourquoi me le cacher? Ah ! s'il eſt ma victime,
Les Dieux, vous, mon erreur, vous avez fait le crime.
Mais ne négligeons point de précieux inſtans.
Courons à ſon ſecours, s'il en eſt encor tems.
Je vais, pour le ſauver......

ARSINOE'.

Ha ! j'y volois moi-même.
Je courois m'oppoſer à ta fureur extrême ;
J'avois gagné les Chefs ; tout le Camp avec moi
Accouroit, dans mon fils, reconnoître ſon Roi.
Déja, de Perdiccas, j'avois briſé les chaînes ;
Mon cœur croyoit toucher à la fin de ſes peines ;
Qu'ai-je trouvé, grands Dieux ! j'ai vû couler le ſang
Que moi-même j'avois animé dans mon flanc.
J'ai vû, d'un Fils ſi cher, la diſgrace terrible.....
Barbare ! on te l'améne..... à ce ſpectacle horrible
Je ſens que ma douleur..... Séline, ſoutiens-moi.

SCENE VI. *& derniere.*

LYSIMACHUS, AGATOCLE *ſoutenu par Perdiccas,*
& un Garde.
ARSINOE', EURIDICE, SE'LINE.

EURIDICE.

AH, mon Frere !

LYSIMACHUS.

Ah, mon Fils ! eſt-ce vous que je vois !

 LYSIMACHUS.

AGATOCLE.

C'eſt votre Fils, Seigneur, & c'eſt votre Victime.
Je ne viens point ici vous reprocher ce crime :
Je n'en veux accuſer que mon cruel Deſtin ;
Et je vois que les Dieux l'ont conduit à leur fin.

LYSIMACHUS.

Hélas ! c'étoit, mon Fils, ſur ma tendreſſe extrême
Que vous deviez fonder votre bonheur ſuprême,
Et non vous en fier à des Oracles vains
Par qui les Dieux cruels abuſent les Humains.

AGATOCLE.

N'accuſons point les Dieux d'un indigne artifice ;
Et juſqu'en leur courroux, adorons leur juſtice.
C'eſt notre aveuglement, non les avis des Dieux,
Qui trompent les eſprits des Mortels curieux.
Mais, à mes derniers vœux, montrez-vous favorable.
Cheriſſez à jamais un Héros reſpectable,
Vertueux, intrépide, & trop digne, Seigneur,
D'obtenir votre eſtime, & la main de ma Sœur.
Si, trop tard arrivé, ſon généreux courage,
De Caſſander, ſur moi, n'a pû parer la rage
Où m'a livré le Fer qui ſe briſe en ma main,
Il vient de me vanger, en lui perçant le ſein.
Ma Sœur, de cet Ami, couronnez la tendreſſe ;
Souffrez qu'en ce moment un Frere vous en preſſe :
C'eſt la grace, où pour lui, j'oſe encor aſpirer.
Qu'on m'emporte..... je ſens que je vais expirer.

LYSIMACHUS.

Ciel barbare, à mes coups ta cruauté le livre !
Mais je ſens qu'à ſa mort je ne pourrai ſurvivre.

Fin du cinquiéme & dernier Acte.